AF455731

LES

PETITS TROUPIERS

AVENTURES

DE

CHARLES ET LÉON DE RIANCOURT

PAR ACHILLE SIMON

ILLUSTRÉES DE

QUATORZE GRANDS DESSINS COLORIÉS

TIRÉS A PART ET COMPOSÉS

PAR BOISJOLY

TYPOGRAPHIE, LITHOGRAPHIE, IMAGERIE

HAGUENTHAL, ÉDITEUR

A PONT-A-MOUSSON (MEURTHE ET MOSELLE).

IMPRIMERIE HAGUENTHAL, A PONT-A-MOUSSON

IMPRIMERIE HAGUENTHAL, A PONT-A-MOUSSON

LES PETITS TROUPIERS

JEAN-MARIE, FRANÇOIS ET LÉON, ARMÉS DE LEURS SABRES PÉNÉTRÈRENT ALORS DANS LA TENTE. — (PAGE 25.)

A MON PETIT AMI J. V.

Vous êtes bien jeune encore, mon petit ami, mais, déjà dans votre cœur innocent, ont dû battre les premières et douces sensations qui viennent nous émouvoir délicieusement à l'aurore de l'existence.

Combien de fois, par exemple, n'avez-vous pas senti ce cœur naïf tressaillir en voyant passer nos valeureux soldats dont vous ne pouvez encore apprécier le courage, mais dont vous admirez la mine guerrière, le brillant uniforme, le sabre scintillant au soleil, le fusil ou la carabine reflétant des rayons joyeux ?

C'est surtout aux enfants de troupe, — à ces petits soldats en herbe, — que vous accordez votre admiration. Leur jeunesse attire vos regards et appelle votre sympathie ; car chaque âge a ses attractions : l'enfance penche vers l'enfance ; la vieillesse se complaît avec les cheveux blancs.

Puissiez-vous, avant d'arriver à cette extrême limite de la vie, conserver votre âme pure et votre conscience sans tache !

Je vais vous y aider, autant que possible, dans ce livre que j'écris pour vous. En lui, vous verrez que l'habit fascinateur des jeunes troupiers cache souvent des défauts que l'expérience seule peut déraciner ; — en lui, vous verrez aussi que les apparences séduisantes méritent un scrupuleux examen, puisqu'elles voilent parfois les travers et les désagréments de la réalité.

Si j'atteins mon but, si je réussis à vous démontrer que de notre persistance dans le droit chemin, dépendent notre avenir et notre bonheur, je bénirai mon travail, et, plus tard, vous me remercierez de l'avoir entrepris.

Ce sera une grande récompense pour une bien légère peine.

A. S.

TU AS MAUVAISE TÊTE, DIT-IL, MAIS TU TE BATS COMME UN SOLDAT... CELA NE FAIT RIEN JE NE T'EN VEUX PLUS, ET SI TU Y CONSENS NOUS SERONS AMIS. — (PAGE 15.)

LES AVENTURES

DE

DEUX PETITS TROUPIERS

CHAPITRE Ier.

Comment Charles et Léon se battirent en duel, et ce qui s'en suivit.

Comme le printemps ramenait les fleurs dans les champs et les oiseaux dans les airs, le colonel, baron de Riancourt, vint habiter son château de Blanville, situé vers la partie occidentale de la belle province de Touraine.

Vos premières leçons de géographie vous ont sans doute déjà appris que la Touraine, surnommée le Jardin de la France, mérite ce titre par son climat agréable et sain, par la variété de ses productions naturelles, par sa température égale et douce.

C'étaient surtout les bienfaits de cette température que venait chercher M. de Riancourt.

Ancien militaire, il avait, quoique encore en activité de service, perdu la santé dans ses nombreuses campagnes, d'où il avait rapporté autant de souffrance que de gloire, autant de blessures que d'honorables distinctions.

Le repos, l'air vivifiant des champs lui étaient devenus indispensables ; il les trouva dans son château de Blanville.

Charles, son fils, et Léon, son neveu, — un pauvre orphelin qu'il adopta lors de la mort de ses parents, — l'accompagnaient.

C'étaient deux beaux et charmants jeunes gens, sous l'uniforme d'infanterie qu'ils avaient momentanément abandonné, comme sous la veste bourgeoise. Ils étaient à peu près du même âge, doués de belles qualités, mais différant essentiellement de caractère.

Charles, élevé au sein du bonheur, était vif, turbulent, prompt à céder à ses inspirations, bonnes ou mauvaises, généreux à l'occasion, insouciant et léger en toute circonstance.

Léon, au contraire, privé de bonne heure de l'amour inappréciable d'une mère, que ni les soins ni les bontés de Mme de Riancourt ne purent remplacer, — Léon était faible, timide, et d'un tempérament mélancolique. Son visage pâle et rêveur portait l'empreinte du malheur qui avait présidé à sa naissance. Il réfléchissait beaucoup, riait peu, et subissait, sans chercher à s'y soustraire, l'ascendant de son cousin, plus fort, plus résolu, et surtout plus volontaire que lui.

Aussi Charles en était-il arrivé à le considérer, non pas comme l'esclave de ses caprices, — il avait l'âme trop élevée pour cela ; — mais comme une intelligence médiocre, sur laquelle il avait tout l'avantage d'une prétendue supériorité, et qui devait dès lors se ranger sans cesse à son avis.

Léon ne combattait pas cette ridicule prétention; il cédait sans résistance ni murmures. Sa reconnaissance seule envers M. de Riancourt lui faisait un devoir de la condescendance envers son ami.

Telle était la situation respective de nos personnages, lorsqu'un matin, Charles entra bruyamment dans la chambre où Léon reposait encore endormi. Eh ! paresseux, s'écria-t-il en le secouant vigoureusement, comment peux-tu dormir quand le soleil te regarde en te narguant depuis deux heures?

— C'est toi, Charles? répondit Léon qui bâilla, se frotta les yeux et se mit sur son séant.

— Certainement, c'est moi... et j'apporte de quoi te surprendre.

— Un papillon que tu as capturé?

— Non ; devine.

C'EST TOI, CHARLES ? RÉPONDIT LÉON, QUI BAILLA, SE FROTTA LES YEUX ET SE MIT SUR SON SÉANT. — (PAGE 6.)

— Une nichée de pinsons?

— Mieux que cela.

— Des violettes de Parme, écloses d'hier?

— Tu n'y es pas.

— En ce cas, je renonce à deviner.

— Oh! mon pauvre Léon, fit Charles d'une voix grave et avec un geste magistral, tu ne ressembleras jamais à un certain Œdipe dont parle la mythologie... Mais je ne veux pas te faire languir; ce que j'apporte, c'est une idée!

— Tu n'en manques jamais, mon bon ami.

— Celle-ci est magnifique.... Nous allons nous battre.

— Nous battre? Et pourquoi, je te prie?

— Pour prouver que nous sommes des hommes, donc!

— Il me semble cependant, dit Léon stupéfait et hésitant, que les hommes sont ordinairement raisonnables.

— Eh bien!

— En nous battant sans motif, nous agirions sans raison...

— D'où tu conclus?

— Que nous prouverions tout le contraire de ce que tu voudrais prouver.

Voilà donc le grand mot lâché!.... Écoute, mon garçon, je suis ton aîné, et tu me dois soumission.

— Te l'ai-je jamais refusée?

— Non; ce qui me fait espérer que nous nous battrons comme s'est battu dernièrement mon oncle Raoul.

— Comment s'est battu ton oncle Raoul?

— Avec un excellent pistolet et une bonne charge de poudre.

Léon eut un frisson.

— Heureusement, nous n'avons pas de pistolets, murmura-t-il avec un soupir de soulagement.

— Et mes deux canons! s'écria Charles triomphant.

Cette réplique inattendue ferma la bouche au récalcitrant, et le duel aux canons, duel étrange, aussi neuf par ses moyens et par ses causes qu'il pouvait devenir funeste dans ses conséquences, fut résolu séance tenante.

Après le déjeûner, les deux amis, profitant de la récréation que leur accordait quotidiennement M. de Riancourt, descendirent au jardin et se dirigèrent vers le mur du fond, c'est-à-dire vers l'endroit le plus écarté de la maison.

Charles bourra ses canons, deux joujoux inoffensifs qui lui venaient de son oncle Raoul ; en mit un dans les mains de Léon et garda l'autre pour lui.

— Place-toi en face de moi, à cinq pas, dit-il ensuite ; au commandement GARDE A VOUS ! tu enflammeras l'allumette que je t'ai remise ; au commandement FEU ! tu l'approcheras de l'amorce... Va, vise juste. et ne tremble pas.

Le malheureux enfant ne songeait pas que dans sa folle équipée, il enfreignait, à la fois, la défense de son père qui lui avait interdit un usage inconsidéré de ses armes, et l'ordre de Dieu qui a dit : « Tu n'essaieras pas de faire du mal à ton prochain. »

Vous voyez, mon charmant lecteur, comme les fautes, en apparence les plus légères, mènent rapidement à d'autres plus graves.

Léon, cependant, toujours humble et obéissant, s'était placé, malgré sa répugnance, à l'endroit désigné par son compagnon, et attendait avec anxiété les signaux convenus.

— Garde à vous ! dit Charles.

Les deux allumettes flambèrent sous un vif frottement.

— Feu ! ajouta-t-il.

En ce moment, un violent coup de vent balaya les deux amorces et neutralisa l'ardeur des combattants.

Puis un franc éclat de rire, sonore et retentissant, se fit entendre derrière eux.

Par une brèche du mur, un domestique du colonel avait assisté à

LES PETITS TROUPIERS

GARDE A VOUS ! DIT CHARLES. — LES DEUX ALLUMETTES FLAMBÈRENT SOUS UN VIF FROTTEMENT. — FEU ! AJOUTA-T-IL. — (PAGE 8.)

toute la scène que nous venons de décrire, et c'était lui qui saluait si bruyamment le désarroi des ridicules duellistes.

Là ne se borna pas, du reste, son intervention. Il courut au château prévenir M. de Riancourt de l'aventure dont il avait été témoin, et celui-ci, saisi d'une juste indignation, ramena lui-même les deux adversaires, honteux et confus, comme deux coqs qu'un poulet aurait pris.

— Mes enfants, leur dit le vieux soldat, votre conduite est également répréhensible. Vous, Charles, non content de contrevenir à mes recommandations, vous avez poussé votre cousin à une action coupable. Vous, Léon, par votre lâche condescendance, vous vous êtes laissé entraîner à un acte que je réprouve. — Dès demain, vous retournerez au régiment reprendre l'uniforme d'enfant de troupe : l'un pour apprendre à obéir, l'autre pour puiser à bonne source le courage de résister aux tentations.

Les jeunes gens implorèrent leur pardon; ce fut en vain : M. de Riancourt demeura inflexible, et, le lendemain, le chemin de fer les emporta vers Orléans.

CHAPITRE II

Où il est question du sergent Sans-Peur et de l'hôtel du Pain-à-l'Eau.

C'est une pénible profession, allez, que celle de militaire, et les lauriers qu'on y cueille sont arrosés de sueur.

Jusque-là, Charles et Léon, grâce aux hautes fonctions occupées par M. de Riancourt, avaient été exemptés de mille corvées pénibles; mais, réintégrés dans leurs corps, par mesure répressive, ils devaient être dépossédés de leurs priviléges et astreints à toutes les charges qui pesaient exclusivement sur leurs camarades.

Il y avait à cette époque, au régiment, un vieux sergent, dont les manches décorées de quadruples chevrons attestaient l'ancienneté et les longs services. Sa mine rébarbative, ses épaisses moustaches grises, ses petits yeux ronds et scintillants étaient bien faits pour imposer respect à la cohorte remuante et espiègle des enfants de troupe, à la garde desquels, il était spécialement préposé.

Sans-Peur, ainsi se nommait-il, averti par une lettre du colonel, vint au-devant de nos deux exilés.

Ah! vous voilà, mes mignons, dit-il en leur tirant délicatement le bout de l'oreille; on va donc achever la belle saison à la caserne?

Léon garda un silence embarrassé; Charles, plus audacieux, releva fièrement la tête.

— Que vous importe, dit-il avec hauteur?

— Il m'importe, répondit Sans-Peur, que vous allez me suivre, mes chérubins, et sans raisonner, sinon....

— Sinon ?.... fit Charles.

— Sinon, je connais une certaine salle de police où l'on apprend merveilleusement la subordination en arrosant son pain d'eau fraîche... Pas accéléré, marche!

— Vous oubliez que je suis le fils du colonel !

— Ta, ta, ta ! et moi je suis le sergent Sans-Peur qui vais vous faire faire connaissance avec l'hôtel *du Pain-à-l'Eau*, dont je vous parlais tout à l'heure.

Et comme le sergent était plutôt un homme d'action qu'un grand causeur, comme il avait reçu en outre de M. de Riancourt des ordres précis et sévères à l'égard des deux enfants, il les prit chacun par un bras et les conduisit, Léon à la caserne et Charles à la salle de police.

Dieu vous garde, mon ami, de savoir jamais par expérience ce qu'est ce lieu noir, infect, où le soldat coupable expie sa faute sur un lit de bois, en compagnie d'une cruche fêlée et des souris qui viennent grignoter les miettes de son maigre repas !

Charles y passa une nuit affreuse; ses paupières fiévreuses refusèrent l'approche au sommeil, et il put réfléchir à son aise comment

LES PETITS TROUPIERS

— VOUS OUBLIEZ QUE JE SUIS LE FILS DU COLONEL!

— TA, TA. TA! ET MOI JE SUIS LE SERGENT SANS-PEUR....

il était arrivé vite de la première étape de la désobéissance au premier échelon de la honte.

Car toute punition est une honte, souvenez-vous en; non pas toujours de ces hontes que nous reprochent comme un crime de plus sages que nous; mais de celles dont gémit tout bas, tout bas, notre conscience, cette fidèle et sainte voix de Dieu.

Si vous me demandez pourquoi M. de Riancourt déployait tout d'un coup une si grande sévérité, je vous répondrai que ce n'était pas précisément l'acte même qu'il châtiait; il avait reconnu des vices dans son enfant, et ce sont ces vices qu'il voulait déraciner en s'y prenant à temps, comme le prévoyant jardinier dresse la pousse tandis qu'elle est jeune.

Je reprends mon récit.

De son côté, Léon passa une nuit agitée. Il était mieux abrité que Charles; ses membres se délassaient sur un bon matelas, une couverture moelleuse le préservait du froid; mais ce bien-être ne le faisait que plaindre davantage son ami, et il se disait : par ma faiblesse, j'ai contribué à nos mésaventures; si j'avais eu l'énergie de résister à Charles et de l'empêcher de se livrer à son caprice, nous serions encore à Blanville, courant dans les allées sablées, sous l'ombre des tilleuls et le regard de notre bon père.

Ainsi la leçon produisait déjà ses fruits : l'un se repentait de son étourderie; l'autre s'apercevait que sans la fermeté, les meilleures natures peuvent faillir.

Le jour réunit enfin les deux cousins. Je ne saurais vous dire avec quelle effusion ils se serrèrent la main; on eût dit que leur séparation avait duré un siècle.

Trêve à ces sensibleries, dit tout-à-coup le sergent Sans-Peur qui assistait à l'entrevue; le soldat français doit songer à l'État avant que de penser à la tendresse. Or, comme l'État est représenté ici par vos uniformes et vos fourniments, vous allez me brosser cela au propre, et si, à mon retour, j'y trouve un grain de poussière, gare au cachot.

Sur ce, le sergent se retira, laissant ses élèves libres de vaquer à leurs occupations.

Elles étaient bien pénibles pour eux, que deux ou trois semaines de séjour à Blanville avaient accoutumés aux douceurs de la vie confortable.

Léon faisait triste mine en frottant ses souliers d'ordonnance.

Charles se pliait à merveille aux exigences du métier.

— Bah! dit-il, avec une assurance martiale, je me console de brosser ma veste en songeant que plus tard je pourrai brosser l'ennemi !

En prononçant ces mots, il mit entre ses dents une vieille pipe oubliée dans un coin, prit une pose héroïque, rejeta son képi en arrière et chantonna à mi-voix le refrain si connu d'un opéra français : AH ! LE BEL ÉTAT QUE CELUI DE SOLDAT !

CHAPITRE III

Ce que c'était que le zouave Jean-Marie, et de quelle façon notre ami Charles fit sa connaissance.

Ah ! qu'il était brillant, qu'il était fier, qu'il était brave le zouave Jean-Marie, l'un des plus jeunes de cette vaillante et noble phalange qui a fait sonner si haut et porté si loin le nom de la France.

Jean-Marie n'avait ni père, ni mère, ni frère, ni sœur, ni parent, ni allié à aucun degré; c'était le fils de son régiment !

Les zouaves l'avaient recueilli au coin d'un champ; les zouaves l'avaient élevé, nourri et instruit; ils en avaient fait un homme, et comme dans sa poitrine battait un courageux cœur, il était devenu, par la suite, un soldat.

Jean-Marie n'avait que quinze ans; mais il était grand et robuste, intrépide, infatigable. La plupart de ses compagnons l'aimaient; ceux qui ne l'aimaient pas le craignaient. — Car, d'un naturel doux et franc, il devenait irascible quand on l'irritait, mais irascible à un tel degré,

LES PETITS TROUPIERS

VOUS ALLEZ ME BROSSER CELA AU PROPRE, ET SI, A MON RETOUR, J'Y TROUVE UN GRAIN DE POUSSIÈRE, GARE AU CACHOT. — (PAGE 11.)

que ses poings fermés tombaient toujours lourds comme des marteaux sur les épaules de celui qui l'avait offensé.

Or, un jour, Charles de Riancourt se promenait seul dans une prairie voisine de la ville. Léon, retenu par une corvée, n'avait pu l'accompagner.

Trois mois s'étaient écoulés depuis leur installation; forcé de se plier aux exigences de la discipline, Charles s'était accoutumé peu à peu à l'obéissance passive. Mais en prenant les habitudes militaires, il les avait prises toutes, sans distinction, les bonnes aussi bien que les mauvaises.

Parmi ces dernières, je citerai principalement une des plus fâcheuses. La pipe était devenue sa compagne inséparable; retenu par un reste d'amour-propre, il ne fumait pas, il est vrai; mais il se plaisait à porter, soit à la main, soit dans la bouche, cet objet sale et puant, que les enfants ont tort d'envier, et auquel les grandes personnes devraient renoncer.

Ce matin, Charles s'était précisément muni de sa pipe favorite, et il marchait gravement, la tenant entre ses doigts comme les vieux fumeurs que, par un incroyable esprit d'imitation, il essayait de contrefaire.

Tout-à-coup il fut accosté par un capitaine de dragons, vieil ami de son père, et qui se croyait autorisé, par cette amitié, à adresser à notre héros une sage remontrance.

Charles connaissait de longue date le capitaine; en le voyant venir à lui, il rougit et cacha précipitamment le corps du délit qu'il commettait.

— Mon ami, dit le capitaine, veuillez me remettre cette pipe; il n'est pas convenable qu'un jeune homme de votre âge prenne une habitude si pernicieuse.

— Je n'ai pas de pipe, capitaine, répondit Charles, ajoutant ainsi le mensonge à l'inconvenance.

— Que teniez-vous donc à la main, il n'y a qu'un instant?

— Je ne sais..... Un morceau de bois..... Je l'ai jeté.

— Vous ne dites pas vrai, mon ami; mais je n'insisterai pas; seulement, il est de mon devoir de porter à la connaissance de votre père les tendances que vous manifestez vers un usage qui est un vice... Adieu, monsieur Charles.

A peine le capitaine eut-il repris sa promenade que Charles, se tournant de son côté, lui fit la grimace; ce qui, remarquez-le, était le comble de la faute, puisqu'il marquait l'endurcissement.

— Savez-vous que ce que vous faites-là n'est pas bien, camarade, dit soudain une voix près de lui.

Le jeune fantassin se retourna vivement et se trouva face à face avec le zouave Jean-Marie qui, les sourcils froncés, la main sur la poignée de son sabre, le considérait fixement.

— De quoi vous mêlez-vous? demanda Charles brutalement.

— De prouver que celui qui insulte le dos pourrait bien fuir devant le bout de la botte.

— Vous n'êtes pas poli, camarade.

— Je suis franc, cela vaut mieux, et je préfère vous le dire en plein visage que de vous le grimacer par derrière.

La rougeur de la honte, de la colère, monta au front de Charles; il bondit en avant, comme un lionceau surexcité et saisit Jean-Marie par les revers de sa veste.

Celui-ci, nous l'avons dit, n'était pas endurant. Il riposta vigoureusement à cette attaque imprévue, terrassa en un clin-d'œil son adversaire, et lui administra une correction qui le punit largement de l'insulte faite au capitaine.

Certes, je ne voudrais pas approuver ces sortes de luttes où la force brutale prêche à coups de poing les droits de la raison; mais je ne puis m'empêcher de reconnaître qu'en agissant ainsi, Jean-Marie s'occupait autant de châtier l'insolence de son antagoniste que de sa défense personnelle.

Rompu, accablé, Charles eût volontiers demandé grâce, si l'or-

LES PETITS TROUPIERS

DE QUOI VOUS MÊLEZ-VOUS ? DEMANDA CHARLES BRUTALEMENT.

CHARLES, MON FRÈRE! S'ÉCRIA LÉON EN SE PRÉCIPITANT A GENOUX, ET EN EMBRASSANT AVEC EFFUSION LE BLESSÉ. — (PAGE 16.)

gueil et ses principes en matière d'honneur ne l'en eussent empêché. Du reste, le zouave, las de distribuer des horions, et aussi d'en recevoir, se releva et tendit la main à Charles.

— Tu as mauvaise tête, dit-il, mais tu te bats comme un soldat... Cela ne fait rien, je ne t'en veux plus, et si tu y consens, nous serons amis.

— Soyons amis, répliqua Charles, en répondant à l'étreinte de Jean-Marie... D'ailleurs, je le reconnais, j'avais tort.

— A la bonne heure; cet aveu t'absout, et, foi de zouave, si tu sais manquer au règlement, tu sais aussi réparer ton oubli.

La réconciliation ainsi scellée, le fils de M. de Riancourt voulut se remettre en route avec son nouveau compagnon; mais une douleur aigüe dans toutes les parties du corps le força bientôt à s'arrêter et à s'asseoir.

Jean-Marie, excellente et généreuse nature, fut vivement affligé de cet accident. — Il étendit Charles sur une couche de gazon, lui recommanda la patience, et courut à toutes jambes vers la ville, chercher du secours.

CHAPITRE IV

Les suites d'une grimace.

Haletant, le visage empourpré, l'haleine sifflante, le front inondé de sueur, Jean-Marie arriva à Orléans vers la tombée de la nuit. Il se rendit en toute hâte à la caserne d'infanterie habitée par le régiment de M. de Riancourt, se fit introduire près de l'officier de garde, et lui raconta en peu de mots l'incident qui venait de se passer entre lui et Charles.

Des secours furent promptement organisés, et quatre hommes, précédés du jeune zouave et de Léon qui, ayant appris l'événement, avait voulu voler au-devant de son frère, se rendirent sur les lieux où le malheureux enfant, en proie aux souffrances, gémissait couché sur l'herbe.

— Charles, mon frère! s'écria Léon en se précipitant à genoux et en embrassant avec effusion le blessé.

— Ne te désole pas, mon ami, répondit Charles avec un calme factice; ce ne sera rien, une nuit de repos et je serai rétabli.

— Oh! si tu allais devenir malade! que deviendrais-je? que deviendrait ton père ?

— Encore une fois, tes craintes sont vaines..... Tiens, vois!

Et avec un courage héroïque qui fit l'admiration des assistants, le jeune homme se releva, le sourire aux lèvres, et vint se placer lui-même sur le brancard.

Mais là, épuisé par cet effort surhumain, il tomba évanoui.

Le triste cortége se mit en marche. Léon tenait une main de son ami, Jean-Marie pressait l'autre. Jamais le zouave n'avait connu les larmes, et pourtant une perle humide s'échappa lentement de sa paupière et roula le long de sa joue. C'était une larme de regret, de repentir, de pitié; Dieu sait s'il eût voulu se voir à la place de celui qu'il avait, pour ainsi dire involontairement, mis en si déplorable état.

On arriva à l'hôpital militaire. Charles, dévoré d'une fièvre ardente, fut déposé sur un lit : le major l'examina gravement, et, après une courte réflexion, il proclama l'état du malade dangereux et nécessitant les plus grands soins.

Dans sa chute, il s'était fait une lésion au cerveau, et le docteur craignait le tétanos.

Je vous laisse à penser ce que devint Léon lorsqu'il entendit ce terrible arrêt. On fut obligé de l'emmener pour que ses sanglots ne troublassent pas le sommeil léthargique où était tombé Charles après une épouvantable crise.

Le lendemain soir, M. de Riancourt, averti par une dépêche télégraphique, arriva à Orléans.

MON CHARLES, MON ENFANT BIEN-AIMÉ, DIT-IL, EN LE COMBLANT DE CARESSES...

Léon vint à lui, tristement, les yeux baissés, comme s'il se fût senti coupable. Et, en effet, dans l'ingénuité de son cœur, dans l'exquise délicatesse de ses sentiments, il se reprochait d'avoir abandonné Charles à la pétulance de son caractère.

— Mon père, pardonnez-moi, dit-il en levant sur le colonel sa prunelle baignée de pleurs.

— Et que te pardonnerais-je, mon pauvre enfant! répondit M. de Riancourt; es-tu responsable du malheur qui nous frappe?

— Hélas! j'aurais dû veiller sur lui!

— Tu es le plus jeune; ce n'était pas à toi à veiller..... Mais courons à l'hôpital; il me tarde de le voir.

Charles, toujours envahi d'une prostration invincible dont il ne sortait que pour retomber dans une crise, ne reconnut pas son père.

Ce fut une douleur de plus pour M. de Riancourt, et cette douleur ne fut point la dernière.

Pendant huit jours, le malade fut entre la vie et la mort; le neuvième jour, il recouvra ses sens et demanda son père et Léon.

Le colonel accourut presque joyeux; il semblait, lui aussi, renaître à l'existence.

Mon Charles, mon enfant bien-aimé, dit-il en le comblant de caresses; si tu savais comme je suis heureux de te savoir sauvé!

— Vous ne m'en voulez donc pas, mon père, du mal que je vous ai fait, du chagrin que je vous ai causé?

— T'en vouloir, peux-tu le demander!

— Merci de votre indulgence, dit Charles, et si Dieu me rend à la santé, c'est la dernière fois que j'implore votre pardon..... Désormais vous n'aurez plus qu'à me bénir.

Un baiser fut la seule réponse de M. de Riancourt.

Pendant que ceci se passait à l'hôpital, Léon, retiré dans une chambre de la caserne, assis sur un banc, méditait tristement sur le sort de son infortuné cousin.

Un caporal vint le distraire de sa pénible rêverie.

Allons, petit! s'écria-t-il, si les larmes étaient d'ordonnance, tous les uniformes auraient des taches, comme disait l'autre... Sabre de bois! Foi de Jean-Joseph Garancin, il te faudra bien des pincées de poudre, à la prochaine occasion, pour nettoyer honorablement ta veste..... Mais je bavarde et tu ne m'écoutes pas; au lieu de te mordre les doigts, démène-toi donc les jambes, et par le flanc droit, file à l'hôpital où le colonel et son fils te demandent.

Le discours amphigourique du caporal avait passé inaperçu aux oreilles de Léon; les derniers mots lui donnèrent des ailes.

En quelques minutes, il fut au chevet du lit de Charles qui le pressa dans ses bras.

Quelques semaines après, M. de Riancourt ramenait le convalescent à Blanville, pour y achever son rétablissement.

Léon resta seul à Orléans; mais il vit partir son camarade, sinon sans indifférence, du moins sans de trop vifs regrets, puisque cette séparation momentanée était devenue indispensable.

D'ailleurs, Charles, en montant en voiture, lui avait dit : *Je reviendrai.*

Nous allons également délaisser pour quelques instants le petit troupier et faire, avec M. de Riancourt, le voyage de Blanville.

En route, mon petit lecteur!

— VOYEZ COMME IL EST PALE, DISAIT L'UN.
— ET COMME SA MARCHE EST ENCORE CHANCELANTE,
AJOUTAIT L'AUTRE.

CHAPITRE V

Voyage en chemin de fer — caquets de village — et bien d'autres choses encore.

Avez-vous jamais voyagé en chemin de fer? connaissez-vous cette longue file de voitures roulant à la suite l'une de l'autre, remorquées par cette machine admirable que l'on nomme locomotive et qui gronde, fume, roule, traverse l'espace avec la rapidité de l'éclair?

Plus tard, quand votre intelligence plus développée demandera des livres plus sérieux que celui-ci, vous apprendrez par la physique, comment l'eau, transformée en vapeur, peut acquérir assez de force pour suppléer aux chevaux dans le transport des hommes et des marchandises.

Pour le moment, je me contenterai de vous dire que, grâce à ce moyen qu'aucun autre n'égale et n'égalera probablement jamais en vitesse, Charles arriva en peu d'heures à Blanville.

Grâce aux langues bavardes des domestiques du colonel, l'aventure de notre petit héros était connue déjà dans le village. Aussi les curieux, avides de considérer le principal auteur du drame qui, depuis quinze jours, défrayait toutes les conversations, vinrent-ils en foule se presser sur son passage.

— Voyez comme il est pâle, disait l'un.

— Et comme sa marche est encore chancelante, ajoutait l'autre.

— Et dire pourtant, continua le charron de l'endroit, que ces mignons pas plus gros que mon poing, se mêlent déjà de se faire assommer.

— Ce qui prouve, déclama sentencieusement le maître d'école, accouru avec les autres, que les vices sont de tous les âges, et que le bon Dieu sait se servir de toutes sortes de moyens pour les punir.

Charles entendait la plupart de ces propos, et maintes fois son visage s'empourpra de honte en écoutant la critique sévère dont sa conduite était l'objet.

Il apprit alors que le monde est sans pitié pour l'erreur, quand même l'expiation la suit, et il se promit d'éviter à l'avenir le jugement impitoyable des hommes, et de mériter plutôt l'admiration que la miséricorde.

Ce fut dans ces sentiments qu'il arriva au château; des soins empressés l'y attendaient; il en éprouvait le besoin et les accepta avec les marques d'une vive reconnaissance.

La vigueur de sa complexion, l'air de la campagne achevèrent son rétablissement; de sorte que, au bout d'un mois, il ne restait plus de trace de son accident.

Justement vers cette époque, s'ouvrit la mémorable expédition que l'histoire a enregistrée sous le titre D'AFFAIRE D'ORIENT.

Vous avez probablement entendu parler de cette guerre longue et désastreuse où notre armée se couvrit de gloire, et que termina la prise de Sébastopol.

Léon, resté seul à Orléans, ne vit pas sans quelque appréhension arriver le moment où son régiment, déjà désigné, devait aller prendre en Crimée sa part de fatigues et de victoire.

Ses camarades le raillaient de sa pusillanimité; mais, pacifique de son naturel, il ne laissa pas vaincre facilement sa répugnance.

L'horrible chose que la guerre! dit-il à son camarade Claude Jovial, un jour qu'arrêté avec lui près du RENDEZ-VOUS DES ZÉPHYRS (ainsi s'appelait la cantine), ils devisaient ensemble de leur prochain départ.

— Bah! répondit Jovial, la guerre est comme le chat, un mal nécessaire : celui-ci met le fromage à l'abri de la souris: celle-là

BAH ! RÉPONDIT JOVIAL, LA GUERRE EST COMME LE CHAT
UN MAL NÉCESSAIRE.

sauve le droit des attaques de l'injustice...... Attendons pour nous plaindre de tous deux qu'il n'y ait plus de souris à croquer ni de prétentions mal fondées à combattre.

— Encore si le fromage en litige n'était pas un pays où il pleut des boulets et des bombes, murmura tristement Léon.

— Eh! mon Dieu! un peu de poivre sur la tartine, et elle n'en digère que mieux... Je suis sûr que ton cousin Charles serait moins dégoûté de mordre au gâteau.

— Charles est un brave; moi je ne suis qu'un enfant timide... A chacun son lot, mon pauvre Jovial. S'il y a des batailleurs qui embrouillent tout, ne faut-il pas aussi des esprits calmes pour rétablir la concorde.

— De belles phrases qui ne prouvent rien, mon garçon... Mais, tiens, s'écria-t-il en se retournant joyeusement, quand on parle du loup, on en voit...

— Charles!...

— Léon!...

Telles furent les exclamations qui s'échappèrent simultanément des lèvres des deux amis.

Car Charles, entièrement rétabli, était de retour depuis un instant à Orléans, et il venait serrer Léon dans ses bras.

CHAPITRE VI

Où nos amis s'illustrent.

Le tambour bat, la trompette sonne ; M. de Riancourt, à la tête de ses soldats, prend le chemin de Marseille pour s'embarquer sur le vaisseau qui doit les transporter en Orient.

Nous les laisserons paisiblement faire la traversée, et, franchissant un espace de quelques mois, nous irons rejoindre le zouave Jean-Marie qui a déjà trouvé moyen de se distinguer en différentes occasions.

Le soleil, — ce splendide soleil d'Orient, — venait de se coucher derrière des montagnes lointaines; le camp des Français, plongé dans le repos, ressemblait à une vaste ville qu'on eût cru abandonnée de ses habitants si le pas cadencé et la voix sonore des sentinelles n'eussent prouvé que, malgré la solitude, des yeux vigilants veillaient sur le salut commun.

Cependant, deux zouaves, deux jeunes gens, debout aux confins du camp, s'entretenaient à mi-voix et d'un air animé.

L'un était Jean-Marie, l'autre un de ses frères d'armes qui, quoique plus grêle était plus âgé que lui, mais subissait l'influence de ce caractère mâle et énergique.

Écoutons leur conversation.

— François, dit Jean-Marie en se penchant vers son interlocuteur, es-tu homme résolu, homme à tout tenter pour le service de la patrie?

— Tout pour la France, c'est ma devise, répondit François avec un peu d'emphase.

— Fort bien ; mais les mots à effet sont comme la fumée de la

FRANÇOIS, ES-TU HOMME RÉSOLU, HOMME A TOUT TENTER POUR LE SERVICE DE LA PATRIE ?

pipe : un flocon de vapeur qui se dissout en laissant une pincée de cendres... Le courage du soldat est dans son cœur et non dans sa langue, et c'est en te voyant à l'œuvre que j'apprécierai la valeur de ta devise... Il y a un coup à tenter; m'accompagneras-tu ?

— Oui, Jean-Marie !

— Bravo ! c'est catégorique et c'est bien. Donc, je puis compter sur toi, en dépit du péril à courir ?

— Ah ! il y a péril !

— Oui, quelque chose comme un coup de sabre à recevoir sur la tête, ou une balle dans la poitrine.

— Tant mieux, camarade ! s'écria joyeusement François, et il se livra à une magnifique cabriole.

En présence de cette manifestation acrobatique, les derniers doutes de Jean-Marie se dissipèrent.

— Vois-tu, là-bas, reprit-il, cette tente qui se dresse isolée dans le camp russe ?

— Je la vois.

— C'est là que se trouve le coup à risquer....

François, les yeux écarquillés, écoutait de toutes ses forces.

— Que renferme donc cette tente ?

— Tu es curieux; mais je vais te le dire : cette tente renferme 1° la mère Marianne.

— La cantinière du 27e régiment !

— Elle-même; 2° le tambour Michel....

— Celui qu'on a surnommé TAPE-TOUJOURS !

— Oui; mais patience, au dernier les bons. 3° Le caporal Charles de Riancourt, mon ami en particulier; celui que tous respectent en général, en attendant qu'il le soit.

Jean-Marie éclata de rire, tant il était satisfait de son piètre calembourg; François ne riait pas; il restait immobile, frappé de stupeur.

— Veux-tu connaître les détails de la chose, reprit le zouave.

— Soit; conte-moi cela.

— Voici : après l'engagement qui a eu lieu ce matin entre nos troupes et les casquettes rondes (les russes), la mère Marianne parcourait le champ de bataille pour distribuer des rafraîchissements, en brave femme qu'elle.....

— Pour cela, c'est vrai, approuva François.

— Chemin faisant, elle rencontra le tambour Michel. — C'est toi, mon petit TAPE-TOUJOURS? qu'elle lui dit. — C'est moi, qu'il lui répond. — As-tu soif? — Dame ! quand on a bien flanqué des coups de baguettes, on se permet volontiers un coup de vin. — Prends alors, mon brave. — Et elle lui tend un verre, plein du contenu de sa barrique. Mais Michel n'avait pas avancé la main pour saisir le gobelet, que voilà le caporal Charles, en observation près de là, qui se met à crier : « Les Russes reviennent ! » — En effet, les habits verts s'étaient ravisés en route, et ils revenaient en nombre, pour se venger sans doute de n'avoir pas été les plus forts. — En un clin-d'œil, mes trois camarades sont entourés, et, comme toute résistance était impossible, ils sont empoignés, ficelés et emmenés, à défaut d'autres prisonniers, par les ennemis.

— Bombe et mitraille! fit François en se mordant les poings.

— Tout cela est bel et bien; mais nos amis attendent, dans le logis en question, que l'on vienne les délivrer.... Laisserons-nous ce soin à d'autres?

— Certes, non; pas même au colonel qui cependant y mettrait du sien.

— En ce cas, allons-y gaiement. Il y a bien double danger; — danger d'être pris par les Russes pour avoir mis le nez dans leurs retranchements; danger d'être fusillé par les Français pour avoir marché sans ordre... Mais bah! FAIS CE QUE DOIS! ADVIENNE QUE POURRA !

Après cette citation proverbiale qui termina le colloque, Jean-Marie et François allèrent rejoindre Léon, déjà initié dans le projet.

La nuit était obscure; le vent soufflait et chassait par intervalle une pluie fine et glacée, prélude d'une tempête.

LES PETITS TROUPIERS

DAME ! QUAND ON A BIEN FLANQUÉ DES COUPS DE BAGUETTE, ON SE PERMET VOLONTIERS UN COUP DE VIN.

Les trois jeunes gens se glissèrent sans bruit hors du camp, dépassèrent les postes avancés, et, guidés par quelques lumières qui brillaient encore çà et là dans les habitations de toile des officiers russes, ils marchèrent résolument vers la tente où étaient renfermés les prisonniers. Ceux-ci, vu leur peu d'importance, étaient gardés seulement par quelques hommes. Que pouvait-on craindre, en effet, d'une femme et de deux enfants ? Leurs gardiens étaient même tellement rassurés à leur égard, qu'ils commençaient à s'assoupir, confiants en la vigilance de l'un d'eux, posé en dehors, comme sentinelle, lorsque tout à coup un léger cri les tira de leur quiétude.

— Qu'est-ce cela ? se demandèrent-ils en prêtant l'oreille.

Mais n'entendant plus rien, ils retombèrent dans l'engourdissement, précurseur du sommeil. Bientôt leurs ronflements indiquèrent que la fatigue les avait vaincus. Jean-Marie, François et Léon, armés de leurs sabres d'infanterie, pénétrèrent alors dans la tente. Le vaillant zouave avait surpris la sentinelle et lui avait fendu le crâne. Le cri dont nous parlions plus haut était le râle d'agonie du malheureux soldat.

Les autres, grâce à leur torpeur, furent aisément bâillonnés et garrottés; puis cette précaution prise, on songea aux prisonniers. Solidement liés, ils étaient étendus à terre, dans un coin, attendant avec résignation que leur sort fût décidé. Je vous laisse à penser avec quelle joie ils se virent si inopinément délivrés. Mais le lieu et les circonstances ne permettaient pas de longs transports; il était temps de songer à la retraite. Elle s'effectua sans peine jusqu'aux limites du camp; malheureusement, comme ils allaient les franchir, un éclair resplendissant déchira le ciel et les mit à découvert. Si rapide qu'eût été cette lueur fugitive, elle suffit pour les trahir; et l'éveil ayant été donné par une patrouille en tournée non loin d'eux, ils se virent enlacés dans un cercle menaçant de baïonnettes et de fusils.

— Amis, défendons-nous ! s'écria Jean-Marie.

L'appel fut entendu, et les héroïques jeunes gens se précipitèrent impétueusement sur les agresseurs. Un combat acharné s'engagea. Il dura peu, car les Russes, étonnés de l'attaque, ignorant le nombre de leurs antagonistes, entr'ouvrirent leurs rangs et livrèrent passage aux prisonniers et à leurs défenseurs. Un quart-d'heure après, ils rentrèrent triomphants au milieu du camp français.

Le premier mouvement du colonel, en apprenant cette bizarre expédition, fut l'emportement. Mais la sévérité du chef dût céder devant l'attendrissement du père. Il n'eut que des paroles d'affection pour ses enfants, et des expressions de gratitude pour les généreux zouaves.

Jean-Marie, du reste, refusa toute marque de reconnaissance.

— J'ai payé une vieille dette, dit-il. J'ai rendu la liberté à celui que j'ai manqué autrefois de priver de la vie. — Tout ce que je demande, colonel, c'est que vous accordiez votre intervention à François, afin qu'il ne soit pas victime d'une infraction dont je suis le promoteur.

— Vaillant enfant! murmura M. de Riancourt; si tous te ressemblaient par l'abnégation et le courage... Mais va, ta prière sera exaucée, et désormais, toi et ton compagnon, vous aurez en moi un père.

— Et Léon, où est-il? demanda Jean-Marie, pour échapper aux louanges. Léon, blessé au bras durant le combat nocturne, était en ce moment en train de recevoir les soins d'une sœur de charité attachée à l'infirmerie. — On sait de quel noble dévouement ces saintes filles ont fait preuve durant l'expédition de Crimée. — Celle-ci, douce et compatissante, prodigua toutes les ressources de son art au blessé. — Pourquoi vous exposer ainsi, mon enfant? lui dit-elle. — Le devoir le commandait, ma sœur, répondit Léon, devenu brave depuis qu'il avait reçu le baptême du feu. — Mais vous êtes si jeune pour affronter le danger.

Léon, par ma foi, était en veine d'érudition et de vaillance; il récita, le front haut, ces vers classiques :

. . . . Aux cœurs bien nés
La valeur n'attend pas le nombre des années

Et puis :

A vaincre sans péril, on triomphe sans gloire.

La bonne sœur sourit et n'insista plus.

POURQUOI VOUS EXPOSER AINSI MON ENFANT ? LUI DIT-ELLE.

ÉPILOGUE

A dater du dernier épisode que nous venons de raconter, mes héros n'ont plus failli à leurs résolutions.

Charles modéra désormais sa pétulance; Léon surmonta son apathie; Jean-Marie et François, étant dès l'origine d'excellentes natures, se contentèrent de rester tels que Dieu les avait faits.

Tous quatre portent aujourd'hui les galons de sergent et porteront peut-être demain l'épaulette.

Michel, TAPE-TOUJOURS, continue à professer un grand respect pour ses sauveurs et une profonde estime pour la mère Marianne et sa barrique.

Plus tard, mon charmant lecteur, je vous conterai la suite de leurs aventures; maintenant je dépose la plume, heureux, si j'ai réussi à vous démontrer qu'il ne faut jamais désespérer de soi-même, mais savoir profiter des événements et de l'expérience pour devenir meilleur et arriver à un but digne d'éloges.

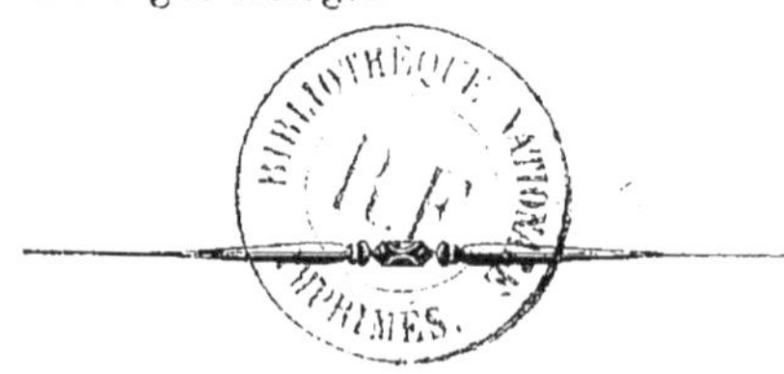

www.ingramcontent.com/pod-product-compliance
Ingram Content Group UK Ltd.
Pitfield, Milton Keynes, MK11 3LW, UK
UKHW021512260726
13993UKWH00004B/1640

9 782019 696450